öbv

Karin Henickl
Michaela Judtmann
Elisabeth Kirschner
Friederike Schatz

Wunderwelt Sprache

2

(Zu-)Hören und Sprechen

www.oebv.at

Triton, Luna und Calypso sind Außerirdische,
die dich durch die Wunderwelt Sprache begleiten.

- Hör genau (zu).
- Lies einzelne Wörter oder Sätze.
- Schreibe ins Buch oder ins Heft.
- Kreise ein.
- Verbinde.
- Arbeite mit einem anderen Kind.
- Arbeite in der Gruppe.
- Medienbildung
- Lerne und übe.
- Verknüpfe Gelerntes.
- Vertiefe und nutze dein Wissen.

Hörtexte im Internet
Mit dem angegebenen Code hat deine Lehrerin oder dein Lehrer Zugang zu den Hörtexten auf www.oebv.at

1 Hör gut zu.

Rückkehr zur Erde

Die drei guten Freunde Luna, Triton und das kleine Calypso saßen gemütlich auf ihrem Planeten Delta 5 am Ufer des Vulkansees.
Alle drei schlürften an einem heißen Lavatee.
Plötzlich ertönte das Signal für einen Videoanruf auf dem Smartgürtel von Calypso.
Das Calypso drückte auf den On-Button und plötzlich erschienen die Kinder, mit denen die drei Freunde das letzte Schuljahr verbracht hatten. Sie hörten Lina sprechen: „Hallo, ihr Drei! Wo seid ihr denn? Das Schuljahr hat schon längst begonnen und wir warten auf euch!“
Triton nahm noch einen großen Schluck von seinem Getränk, gähnte laut und antwortete: „Wir haben letztes Jahr doch schon alles gelernt. Wir können lesen, wir können die Buchstaben schreiben und wir wissen schon so viel. Was gibt es noch zu lernen?“
Die Kinder riefen laut durcheinander: „Wieso? Wir wollen die Wörter ja auch richtig schreiben, wir wollen Geschichten schreiben, wir wollen Reden halten und Plakate gestalten. Wir wollen Bücher lesen, …“ Dann riss die Verbindung ab.
Luna sprang auf und rief: „Kommt, wir packen alles zusammen und machen uns auf den Weg. Das ist ja so spannend!“
Calypso griff noch schnell in den großen Kühlschrank, der neben dem Raumschiff stand und holte eine Mondschaumtorte von Tante Feuschau heraus. „Die nehme ich aber mit, falls es dort keine Esspausen gibt.“
Schnell packten die Freunde alles zusammen und stiegen in das Raumschiff. Luna startete und das Raumschiff raste auf die Erde, wo *schon* alle Kinder ganz gespannt auf die drei Freunde warteten.

2 Was hast du in der ersten Klasse gelernt?
Erzähle bitte einem anderen Kind.

3 Wobei möchtest du dich verbessern?
Was kannst du schon gut?
Erzählt einander.

Hallo, du!

Hast du schon einmal die Wörter *Intelligenz* oder *intelligenter Mensch* gehört?
Das bedeutet, dass man selbstständig denken und handeln kann.

Das ist ein **Sachtext**.
Hier wird dir etwas erklärt und besondere Wörter (Fachbegriffe) werden verwendet.

1 Lass dir diesen Sachtext vorlesen.

Künstliche Intelligenz

Künstliche Intelligenzen begleiten uns durch den Tag. Wir verwenden sie besonders auf dem Handy, am Tablet oder am Computer. Was heißt das eigentlich?
Eine KI, das ist die Abkürzung, ist ein Computerprogramm, das selbstständig Aufgaben lösen kann. Es ist ein Versuch, das menschliche Denken und Lernen durch einen Computer zu ersetzen. Sie wurde von Menschen gemacht.

Bevor eine KI bestimmte Aufgaben ausführen kann, wird sie programmiert.
Sie muss zuerst lernen. Das ist etwa so, wie wenn du in die Schule gehst.
Es geht aber viel schneller. Eine KI wird zum Beispiel mit Sätzen, Zahlen oder Bildern gefüttert.
Sie speichert alle Informationen, „merkt sich diese", und kann dann Fragen beantworten oder Aufgaben lösen.

Eine KI kann ein Roboter, eine Maschine oder ein Programm (also eine App) auf einem Handy oder vieles mehr sein.

KIs können einzelne Menschen im Alltag unterstützen und manchmal auch schwierige und gefährliche Arbeiten übernehmen. Sie kann beispielsweise sehbehinderten Menschen helfen, indem eine KI-Kamera Bilder in Sprache übersetzt.

Im Unterschied zu Menschen hat eine KI keine Gefühle, keinen eigenen Willen und kein Gewissen. Wird eine KI mit schlechten Informationen „gefüttert", kann die KI diese nicht von sich aus verbessern. Das kann für die Menschen zum Problem werden.

kindersache.de

2 Wo hast du bereits Erfahrungen mit einer KI gemacht?
Erzählt einander.

3 Welche besonderen Wörter (Fachbegriffe) hast du beim Zuhören entdeckt?
Besprecht sie mit der Lehrerin, dem Lehrer.

Wie kommst du zur Schule?

In der 2. Klasse sind 22 Kinder und drei Außerirdische.
Sie haben eine Umfrage gemacht und mit Klebepunkten abgestimmt.

1 Was kannst du aus dieser Tabelle herauslesen?

2 Warum gibt es mehr Punkte als Kinder?
Stellt Vermutungen an.

3 Wie kommst du in die Schule?
Gibt es Stellen,
an denen du besonders gut aufpassen musst?

4 Warum ist es wichtig, dass nicht alle Kinder mit dem Auto
in die Schule gebracht werden?
Überlegt gemeinsam.

Wir sprechen miteinander

1 Lest die Sprechblasen in verteilten Rollen, aber alle gleichzeitig.
Was fällt euch auf?

2 Wie kann man es schaffen, dass alle einander verstehen?

3 Welche Regeln brauchst du, damit das gut gelingt?
Wer stellt diese Regeln auf?
Vergleicht eure Ideen.

→ Le: S. 6

1 Schau dir bitte die Bilder an und lies.

Das ist das kleine WIR.
Es ist ziemlich stark und etwas ganz Besonderes.

Ein WIR entsteht überall dort,
wo sich Menschen mögen.
Es gibt also ziemlich viele WIR und
jedes sieht ein bisschen anders aus.
Eines haben sie aber alle gemeinsam:
Sie sind sehr wertvoll.
Diese Geschichte handelt von dem WIR
von Ben und Emma.

Und wie sie sich **zusammen** um das
WIR bemühen …

Daniela Kunkel

2 Entdeckst du das WIR
in der Klasse?

3 Was kannst du tun,
damit es dem WIR in der Klasse gut geht?
Besprecht und sammelt nette Worte und
Gesten dafür.

Eine **Geste** ist eine Bewegung, die du mit dem Körper, den Händen oder dem Kopf machst, wenn du sprichst, oder etwas ohne Worte sagst (nicken, streicheln …).

Das ABC (Alphabet)

1 Lies das ABC.
Lerne es auswendig, das ABC-Lied hilft dir dabei.

2 Wann hilft es dir, das ABC auswendig zu können?
Überlegt gemeinsam.

Anna	1. Mai
Benno	17. Juni
Dana	22. April
Eyleen	3. März
Gustav	31. Juli
Mustafa	5. Jänner
Olga	28. Februar
Pia	7. Oktober
Xaver	2. März

3 Kannst du mit deinen Händen sprechen?
Zeige deinen Namen.

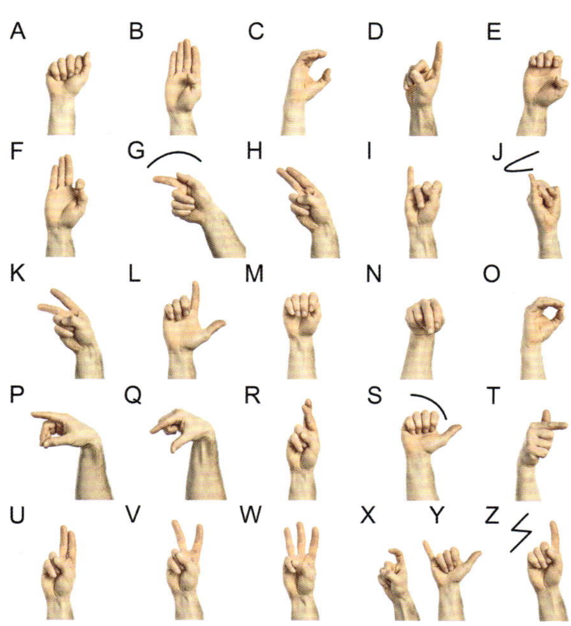

→ **Le:** S. 8 **VvT:** S. 10

Freundlich sein, danke sagen

Freundlich und nett zu sein ist einfach.
Macht diese guten Taten in der Klasse sichtbar.

Füllt gemeinsam eine Flasche mit Murmeln oder kleinen Steinen.
Jedesmal, wenn ein Kind einem anderen Kind etwas Nettes sagt
oder für jemanden etwas Nettes tut,
legt eine Murmel in die Flasche.

Wenn die Flasche voll ist,
belohnt euch mit einer Spielstunde.

1 Hast du schon jemandem eine Freude gemacht?
Erzähle.

2 Wann könnten andere deine Hilfe brauchen?
Spielt diese Situation in einem Rollenspiel nach.

3 So kannst du dich mit Worten bedanken.
Aber mit welchen Gesten, also ohne Worte?
Überlegt gemeinsam.

Vielen Dank für ...
Danke, dass ...
Ich danke dir ...
Ich bedanke mich ...

→ VvT: S. 13

Punkt, Rufzeichen, Fragezeichen

1 Schließe deine Augen und hör gut zu.
Deine Lehrerin, dein Lehrer liest vor.
Achte auf die Betonung.

Kann ich dir helfen?
Hilf mir bitte!
Ich nehme deine Hilfe gerne an.
Brauchst du meine Hilfe?
Hilfe, Hilfe!
Luna ist immer hilfsbereit.
Bitte, helfen Sie mir!
Ich brauche Hilfe bei einer Aufgabe.
Könntest du mir bitte helfen?

2 Hast du die Fragen gehört?
Woran hast du sie erkannt?

3 Kannst du nur mit der Stimme ohne Wörter eine Frage stellen?
Probiert es bitte aus und ratet.

4 Suche nun die Sätze mit Rufzeichen und lies sie einem anderen Kind richtig vor.
Achte auf deine Stimme.

→ **Le:** S. 10 **VvT:** S. 7

Sich informieren und unterhalten

1 Welche Medien kennst du?

2 Welche Medien gibt es bei dir zu Hause?
Erzählt einander.

3 Darfst du alle Medien nützen?
Musst du dich an Regeln halten? Findest du das richtig?
Besprecht bitte in der Klasse.

→ **Le:** S. 11

Wie geht es dir?

Mir geht es gut.

Mir geht es sehr gut.

Mir geht es nicht gut.

Ich habe Angst.

Mir ist kalt.

Mir ist warm.

Ich bin müde.

Ich bin zornig.

Ich bin traurig.

Ich bin verliebt.

Ich bin krank.

Ich bin aufgeregt.

1 Kennst du diese Bilder?
Wo hast du sie schon gesehen?

2 Kennst du die Gefühle, die diese Bilder beschreiben?

3 Stelle ein Gefühl dar, ohne zu sprechen.
Können es die anderen erraten?

Schöne Momente sammeln

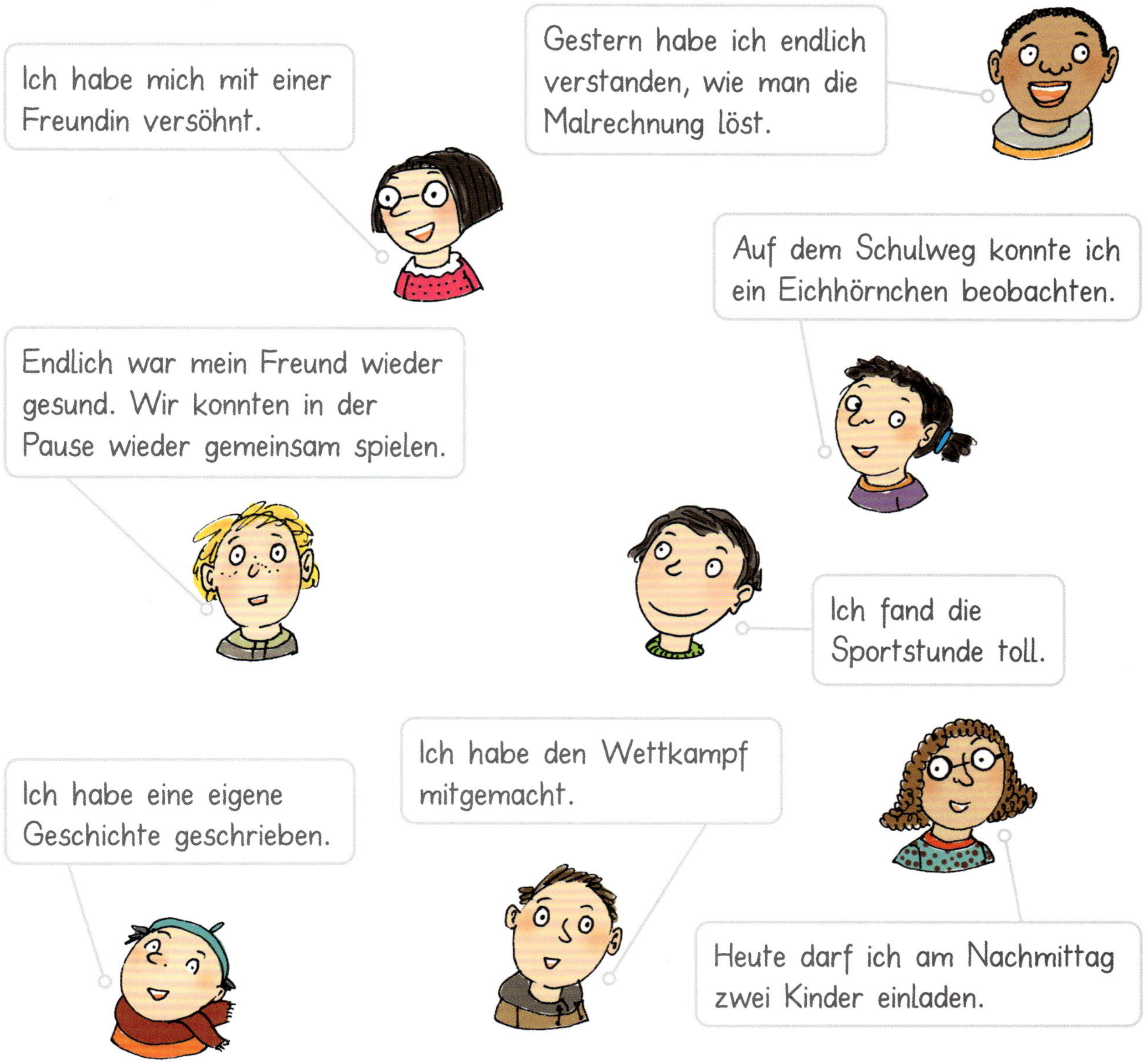

1 Schöne Momente und Erinnerungen daran sind wertvoll.
Woran erinnerst du dich gerne? Erzähle.

2 Schreibe oder zeichne eine schöne Erinnerung auf.
Falte das Papier zusammen und stecke es
in eine durchsichtige Vase in der Klasse.

3 Beobachte, wie sich diese Vase füllt.
Wie geht es euch dabei?

Kann das wirklich wahr sein?

1 Lies und sprich diese Sätze leise nach.

Ich kann **alles** schaffen.

Ich bin *einzigartig.*

Ich bin mutig.

Alles ist gut.

Ich bin <u>stark</u>.

Ich habe niemals Angst.

Ich mache nie Fehler.

Ich bin klug.

Ich bin wichtig und wertvoll.

Ich bin ein Geschenk für diese Welt.

Ich bin schlauer als die anderen.

Alle wollen mit mir befreundet sein.

2 Wähle drei Sätze, die am besten zu dir passen oder die dir gut tun.
Lies vor, welche Sätze du ausgesucht hast.

3 Ist es möglich, dass alle Aussagen auf eine Person, einen Menschen zutreffen?
Überlegt gemeinsam.

→ VvT: S. 15

Was brauchen wir wirklich?

1 Überlege, was wir zum Leben unbedingt brauchen und worauf wir verzichten können.

2 Was brauchen alle Kinder, egal, wo auf der Welt sie leben? Worauf sollten sie daher ein Recht haben? Überlegt gemeinsam.

Bewegung ist wichtig

1 Lies und probiere diese Bewegungen aus.

Setzt euch hin, liebe Freunde,
ob groß oder klein,
hebt die Hände vors Herz
und atmet tief ein.

Hebt eure Arme,
so hoch, wie es geht!
Spürt euren Atem,
wie den Wind, wenn er weht.

Jetzt nehme ein jeder
sich selbst in den Arm.
Spürt ihr den Atem?
Wird euch schön warm?

Alex Bauermeister
Flora Waycott

2 Wann bewegst du dich?
Was machst du in der Pause gerne?
Erzählt.

3 Warum ist Bewegung wichtig?
Was meinst du?

Irgendwie anders

1 Ist dieser Text lustig oder traurig?
Deine Lehrerin, dein Lehrer liest dir vor.
Hör bitte gut zu.

Auf einem hohen Berg lebte ganz allein und ohne einen einzigen Freund *Irgendwie Anders*. Er wusste, dass er irgendwie anders war, denn alle fanden das. Wenn er mit ihnen spielen wollte, dann sagten sie immer: „Tut uns leid, du bist nicht wie wir. Du bist irgendwie anders. Du gehörst nicht dazu."

Irgendwie Anders tut alles, um wie die anderen zu sein. Aber es half alles nichts. *Irgendwie Anders* war traurig. Da klopfte es an der Tür: „Hallo! Darf ich reinkommen?" „Wie bitte?", fragte *Irgendwie Anders*. „Du hast dich wohl in der Tür geirrt!" Das Etwas schüttelte den Kopf. „Überhaupt nicht, hier gefällt es mir." Und ehe *Irgendwie Anders* auch nur bis drei zählen konnte, war es schon im Zimmer.

„Kenne ich dich?", fragte *Irgendwie Anders* verwirrt. „Natürlich! Schau mich doch ganz genau an!" Und *Irgendwie Anders* schaute. Er lief um Etwas herum, schaute vorn, schaute hinten. „Verstehst du denn nicht?", rief das Etwas. „Ich bin genau wie du! Du bist irgendwie anders – und ich auch."

„Wie ich?", sagte er. „Du bist nicht wie ich. Du bist überhaupt nicht wie irgendetwas, das ich kenne. Und er ging zur Tür und öffnete sie. „Gute Nacht!" Das Etwas ließ langsam die Pfoten sinken und sah sehr traurig aus. Es erinnerte *Irgendwie Anders* an etwas, aber er wusste einfach nicht, woran. Da fiel es ihm plötzlich ein. „Warte! Du bist nicht wie ich, aber das ist mir egal. Wenn du Lust hast, kannst du bei mir bleiben." Und das Etwas hatte Lust. Seitdem hatte *Irgendwie Anders* einen Freund.

Sie waren verschieden, aber sie vertrugen sich. Und wenn einmal jemand an die Tür klopfte, der irgendwie sehr merkwürdig aussah, dann sagten sie nicht „Du bist nicht wie wir" oder „Du gehörst nicht dazu". Sie rückten einfach ein bisschen zusammen.

Kathryn Cave / Chris Riddell

2 Hast du dich schon einmal so gefühlt wie *Irgendwie Anders*?

3 Wie wirkt der Text auf dich? Welche Gefühle löst er in dir aus?
Überlegt gemeinsam.

4 Schau dich in der Klasse um. Sehen alle Kinder gleich aus?
Ist das für eine Freundschaft wichtig?
Besprecht in der Gruppe.

Informationen suchen und sammeln

Wer?

Warum?

Wann (war das)?

Was (bedeutet das)?

Wo?

1 Wenn du etwas über ein Thema wissen willst, musst du dich genau informieren.

Hast du eine Idee, wo du Informationen finden kannst? Wer oder was könnte dir dabei helfen?

2 Wo hast du schon nach Informationen gesucht? Besprecht und vergleicht.

3 Warum sollte bei der Suche im Internet ein Erwachsener helfen? Was meinst du? Sammelt eure Ideen.

Achtung:
Nicht alle Informationen im Internet stimmen!

Wenn Erwachsene im Internet nach Informationen suchen,
geben sie meistens einen Begriff in die Suchmaschine Google (sprich: Gugl) ein.
Das ist aber keine geeignete Suchmaschine für Kinder!

So forschst du sicher im Internet:

- Verwende eine Kindersuchmaschine.
- Gib einen Suchbegriff ein (einzelne oder mehrere Wörter).
- Das erste Suchergebnis muss nicht das beste sein.
- Lies zuerst die Überschrift, dann die Beschreibung.
- Wenn du mehr Informationen brauchst, dann probiere einen neuen Suchbegriff.

Kindersuchmaschinen
www.frag-finn.de
www.helles-koepfchen.de
www.blinde-kuh.de
www.kiwithek.wien
www.youtubekids.com
www.klexikon.de

1 Zu welchem Thema möchtest du im Internet forschen? Überlege dir einen Suchbegriff und gib ihn in eine Kindersuchmaschine ein.

2 Vergleicht bitte eure Ergebnisse und Erfahrungen.

→ Le: S. 19

Guten Morgen!

1 Hör gut zu, wie sich die Kinder in verschiedenen Sprachen begrüßen.
Welche Sprachen erkennst du?

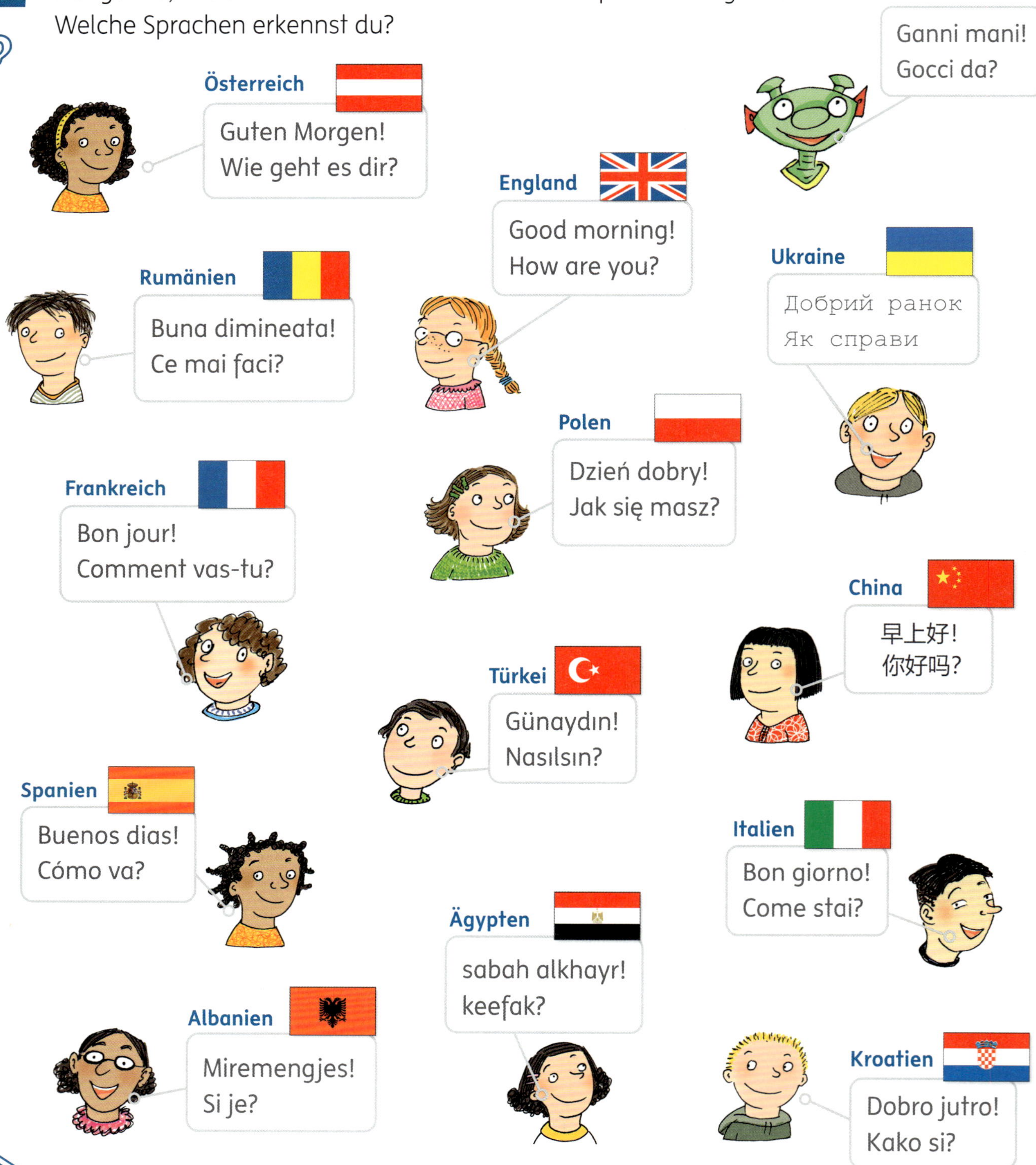

2 Welche Sprachen werden in der Klasse und zu Hause gesprochen?
Besprecht bitte und vergleicht.

3 Welche Wörter kennst du in einer anderen Sprache?

1 Lies diesen Zeitungsbericht.

Endlich geschafft!
Wildtiere im Zirkus verboten

Seit 1. Jänner 2005 sind in Österreich
Wildtiere im Zirkus verboten.
Tiger, Elefanten und Bären dürfen nicht
mehr gezwungen werden,
Kunststücke vorzuführen.
Auch der Transport in kleinen und
zu engen Käfigen ist seitdem verboten.
Jetzt sind fast nur noch Artistinnen und
Artisten zu sehen.
Leider ist das noch nicht
in allen Ländern Europas so.
Aber Österreichs Zirkusse sind wildtierfrei!
Wir sind stolz auf dieses Gesetz.

2 Weißt du, welche Tiere noch immer im Zirkus auftreten dürfen?
Kreuze das richtige Wort an.

- ○ Tiger
- ○ Elefanten
- ○ Affen
- ○ Fische
- ○ Ponys
- ○ Löwen

3 Haben Tiere Rechte?
Suche im Internet nach Informationen zu diesem Thema.
Berichtet, was ihr Neues erfahren habt.

4 Wie ist deine Meinung zu diesem Thema?

→ Le: S. 21

Eigenes Geld

Taschengeld nennt man Geld, das Kinder und Jugendliche von ihren Eltern bekommen. Damit können sie sich Dinge kaufen, die sie sich wünschen.

1 Bekommst du Taschengeld?
Berichte.

2 Besprecht diese Fragen.

Sollten alle Kinder gleich viel Taschengeld bekommen?

Ist es ungerecht, wenn manche Kinder wenig oder kein Taschengeld bekommen?

Warum möchtest du Taschengeld haben?

Muss jedes Kind Taschengeld bekommen?

Würdest du dein Taschengeld sparen?

Würdest du dein Taschengeld immer gleich ausgeben?

Hast du Ideen, wie du zu mehr Geld kommen könntest?

3 Was könnte dieser Satz bedeuten?
Überlegt gemeinsam.

Die besten Dinge im Leben kann man nicht kaufen.

1 Luna erzählt. Hör gut zu.

Gestern nach der Schule durfte ich Laila besuchen. Sie ist seit diesem Schuljahr mit mir in der zweiten Klasse.

Laila hat einen großen Bruder namens Amir. Sie ist am Nachmittag immer ein paar Stunden alleine, da ihre Mama lange arbeiten muss.

Meine Freundin war sehr froh, dass ich bei ihr war. Denn manchmal fürchtet sie sich, wenn sie alleine zu Hause ist.

Wir haben im Wohnzimmer aus Decken und Pölstern eine Höhle gebaut. Irgendwann ist mir aufgefallen, dass Laila zu Mittag noch gar nichts gegessen hatte. „Bekommst du kein Mittagessen?“, fragte ich sie.

„Ich wärme mir das Essen auf, das meine Mama für mich vorbereitet hat. Aber heute wollte ich lieber mit dir spielen. Ich darf nicht so oft jemanden einladen.“

Am späteren Nachmittag kam Amir von der Schule. Er ging mit uns auf den Spielplatz. Als es dunkel wurde, gingen wir zurück. Da stand auch schon Lailas Mama mit einer schweren Einkaufstasche vor der Tür.

2 Warum kommt Lailas Mama so spät nach Hause?
Was meinst du?

3 Bist du manchmal alleine daheim?
Wie geht es dir dabei? Erzählt.

4 Wie sieht dein Nachmittag aus?
Wo verbringst du ihn?
Magst du das so oder wäre es dir anders lieber?

Viele verschiedene Interessen

Stärken und Interessen sind wichtig bei der Berufswahl.
Wofür interessieren sich diese Kinder?

1 Welche Berufe kennst du?
Welche Berufe passen zu diesen Kindern?

2 Was kannst du gut?
Wofür interessierst du dich?

3 Welche Berufe gibt es in deiner Familie?
Erzählt einander.

1 Deine Lehrerin, dein Lehrer liest vor.
Hör gut zu, damit du über die Geschichte sprechen kannst.

Manchmal fühlt sich Lea einsam. Sie ist dann wütend auf sich selber, und sie hat ein komisches Gefühl im Bauch, das ihr sagt, das etwas nicht richtig ist.

Das Gefühl hat sie immer dann, wenn sie etwas macht, was sie eigentlich gar nicht machen will. Und sie es nur macht, weil andere Menschen das wollen.

Dann sagt zwar die Lea in ihr drin ganz, ganz leise Nein. Aber das hört und merkt natürlich keiner. Denn Leas Nein ist viel zu leise.

Heute ist Lea mit ihrer Mama auf dem Spielplatz. Mama schaut auf die Uhr: „Komm, wir müssen noch Brot kaufen.“ „Ich kann aber nicht“, sagt Lea, „ich baue gerade eine schöne Burg. Kannst du nicht alleine gehen?“ „In Ordnung“, sagt Leas Mama, „ich gehe ja nur über die Straße, ich bin gleich wieder da.“

„Bringst du mir einen Schokoriegel mit?“, bittet Lea. „Ich habe doch noch einen, hier“, schmunzelt Mama. Dann ist sie weg. Lea setzt sich gemütlich auf die Bank und will gerade den Schokoriegel anknabbern, als Jan zu ihr kommt und sich frech vor sie stellt. Jan ist viel größer als Lea – und er sagt: „Her mit der Schokolade!“

Susa Apenrade / Miriam Cordes

2 Was soll Lea jetzt machen?
Was meinst du?

3 Spielt diese Situationen in einem Rollenspiel nach.
Rollenspiel 1: Lea überlegt: „Soll ich Jan den Schokoriegel einfach geben?“
Rollenspiel 2: Lea sagt: „Hier, aber lass mir ein Stück übrig.“
Rollenspiel 3: Lea ruft: „Nein! Der Schokoriegel gehört mir! Probiere erst gar nicht, ihn mir wegzunehmen. Sonst schreie ich laut.“

4 Was könnte Jan machen, damit Lea mit ihm teilt?
Überlegt gemeinsam.

→ **Le:** S. 25

Wer darf was?

Jeder Mensch hat ein Recht darauf, dass sein Körper und sein Geist geschützt werden. Dein Körper gehört dir! Sage laut NEIN, wenn dir etwas nicht gefällt.

1 Stell dir folgende Situationen vor und überlege.
Wer darf ...

... mich umarmen? ______________________

... mich streicheln? ______________________

... mir die Hand halten? ______________________

... mich trösten? ______________________

... mich ganz fest drücken? ______________________

... mit mir in einem Bett schlafen? ______________________

... mich schlagen? ______________________

... mich auf die Wange küssen? ______________________

... mich massieren ______________________

... mir ein Geschenk machen? ______________________

... mit mir schimpfen? ______________________

... mit mir auf die Toilette gehen? ______________________

... mir ein Geheinmnis zeigen? ______________________

Ich rufe die Nummer 147 an, wenn ich niemanden finde, der mir helfen kann.

2 Vergleiche und bsprich mit einem anderen Kind.

3 Wem kannst du von angenehmen und unangenehmen Gefühlen und Erlebnissen erzählen?

Wer darf das entscheiden?

1 Wer darf über den Einkauf entscheiden?
Male bitte in der passenden Farbe an.

ein Kind entscheidet | ein Erwachsener entscheidet | gemeinsam entscheiden

2 Vergleicht eure Ergebnisse.
Bist du mit den anderen einer Meinung oder gibt es Unterschiede?

Was wäre wenn ...

1 Lies diese Fragen durch und denke darüber nach.

Was würdest du tun, wenn du plötzlich erwachsen wärst?

Welche drei Dinge würdest du auf eine einsame Insel mitnehmen?

Was oder wen würdest du verzaubern, wenn du zaubern könntest?

Was würdest du an deinem Wohnort verändern, wenn du es entscheiden könntest?

Welches Tier wärst du gerne und warum?

Was würdest du tun, wenn du eine Nacht in einem Spielzeuggeschäft eingesperrt wärst?

2 Welche Frage gefällt dir am besten?
Besprecht.

3 Zu welcher Frage fällt dir am meisten ein?
Erzählt einander von euren Ideen.

Fremdwörter erklären

1 Kennst du diese Fremdwörter?
Informiere dich im Internet.
Lass dir bei der Suche helfen!

Kindersuchmaschinen

www.klexikon.de	www.helles-koepfchen.de
www.blinde-kuh.de	www.kiwithek.wien
www.youtubekids.com	www.frag-finn.de

Öffne eine **Kindersuchmaschine**:
Gib den Begriff in das Suchfeld ein.

- Website
- YouTube
- Download
- Chat
- Fake News
- App
- online / offline

2 Kannst du diese Begriffe mit eigenen Worten erklären?
Achte auf die Aussprache.
Lass dir von deiner Lehrerin, deinem Lehrer helfen.

3 Was ist dir gut gelungen?

Ich will fair sein

1 Fair zu sein ist nicht nur im Sport, sondern auch im täglichen Leben wichtig.
Wie kannst du jeden Tag fair sein?
Lies und überlege.

Fair zu mir selbst
Wie können wir uns selbst
Gutes tun?

Fair zu anderen, die uns nahe sind
Was können wir in der Familie
Gutes tun?

Fair zur Umwelt und zur Natur
Wie können wir der Natur
Gutes tun?

Fair in der Öffentlichkeit
Wie können wir anderen
Menschen (in der Schule,
im Verkehr …) Gutes tun?

2 Wann bist du fair? Überlegt euch weitere Beispiele.

Ich helfe im Haushalt mit. Ich sammle den Müll am Spielplatz auf.
Ich teile meine Jause mit meiner Freundin. Ich ruhe mich gut aus.
Ich überlasse meinen Sitzplatz im Bus einem älteren Menschen.
Ich höre aufmerksam zu.

Wie war das eigentlich wirklich?

1 Was meinst du?
Warum sagen alle etwas anderes?

2 Diese Überlegungen helfen.
Verbinde die Sätze richtig.

Was ist zu sehen?	Alle sollen miteinander reden.
Wie fühlen sich die Außerirdischen?	Sie möchten verstanden werden.
Was brauchen sie jetzt?	Sie fühlen sich unfair behandelt.
Was wünschen sie sich voneinander?	Das schöne Haus ist kaputt.

3 Die Eule hat alles **von oben** beobachtet.
Sie möchte helfen, den Streit zu beenden.
Was könnte sie sagen? Überlegt.

Worüber viele reden

1 Lies, was auf diesen Plakaten steht.
Was weißt du über diese Themen?

2 Hast du noch ein Anliegen?
Besprecht und zeichnet oder schreibt in das leere Feld.

3 Was kannst du tun?
Sammelt eure Ideen auf einem Plakat.

→ VvT: S. 8

1 Gehe die unterschiedlichen Wege.
Welche Wege führen zum Ziel?

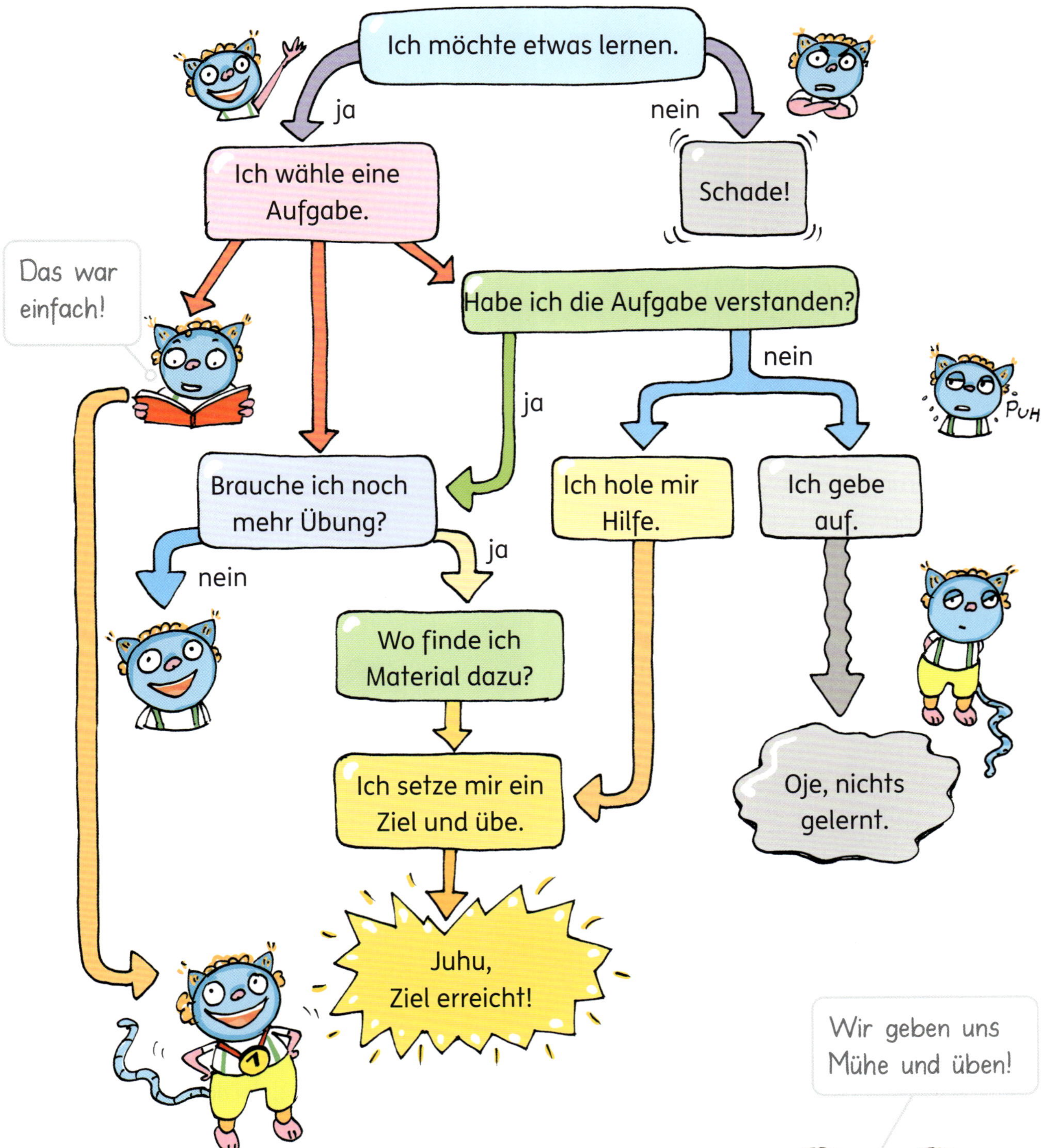

2 Welchen Weg hast du gewählt?
Vergleicht eure Wege und begründet sie.

→ **Le:** S. 33

So kann unser Gehirn wachsen

1 Kennst du diese Aussagen?
Hast du sie schon einmal jemanden sagen gehört?
Sie lassen unser Gehirn nicht wachsen und hindern uns am Lernen.

Ich kann das nicht.

Ich muss das nicht probieren. Das wird eh nichts.

Ich bin einfach zu dumm.

Ich mache immer blöde Fehler.

Das schaffe ich nie. Ich gebe auf.

Oft bin ich langsamer als die anderen Kinder.

2 Warum sind diese Aussagen besser?
Besprecht bitte in der Gruppe.

Das Gehirn ist wie ein Muskel. Es wächst mit jeder Anstrengung.

Ich gebe nicht auf und glaube an mich!

Ich kann es NOCH nicht.

Durch Übung werde ich sicherer und immer schneller.

Ich gebe mir Mühe und übe.

Das ist ein supertoller Fehler, daraus kann ich viel lernen.

3 Welche Aussage gefällt dir am besten? Schreibe sie auf.

1 Oft tut es gut, darüber zu sprechen (zu zeichnen oder zu schreiben), was dich freut oder was dich beschäftigt.
Lies diese Sätze leise.
Sie helfen dir dabei.

Es macht mich traurig, dass … /
Ich bin traurig, weil …

Ich habe etwas
Aufregendes erlebt.

Ich freue mich auf … /
Ich freue mich über …

Das würde ich
gerne verändern.

Ich möchte euch
etwas erzählen.

Ich ärgere mich über … /
Ich ärgere mich, weil …

2 Erzähle, was dich gerade beschäftigt.
Nimm dir genug Zeit zum Zuhören und Nachfragen.

Über ein Thema sprechen

Wenn du anderen etwas erklären willst, hilft den Zuhörenden manchmal ein **Plakat**, um alles besser zu verstehen.

Mein Lieblingstier

So kannst du mit einem **Plakat über ein Thema** sprechen:

Stelle dich neben das Plakat. Schau die Kinder an.

Sprich langsam, laut und deutlich.

Nenne das Thema und zeige auf die Überschrift auf dem Plakat.

Zeige auf wichtige Informationen und Bilder.

Beantworte am Ende alle Fragen freundlich.

Diese Dinge brauchst du:

1 Sammle Ideen für Themen, über die du sprechen und ein Plakat erstellen willst. Schreibe in die Kärtchen.

2 Gestalte mit einem anderen Kind ein Plakat über ein Lieblingstier. Sprecht über das Thema. Wie ist es euch gelungen? Gebt einander Tipps.

→ VvT: S. 8

Ist das wirklich so?

1 Was denkst du über diese Aussagen?
Überlege und denke daran, dass Frauen und Männer die gleichen Rechte haben.

2 Welche Meinung hast du? Besprecht und begründet.
Diese Satzanfänge helfen:

Ich bin der Meinung, dass …
Ich denke, dass …
Ich glaube, dass …

Das ist gar nicht schwierig

Müll zu trennen ist wichtig.
Aber Müll zu vermeiden ist noch besser!

1 Überlege, wo du Müll vermeiden kannst: in der Schule, zu Hause oder beim Einkaufen.
Kreuze an. Es gibt mehrere Möglichkeiten.

	 in der Schule	 zu Hause	 beim Einkaufen
eine eigene Einkaufstasche mitbringen			
Hefte weiterverwenden			
Papier sparen			
eine eigene Trinkflasche verwenden			
Obst und Gemüse ohne Verpackung kaufen			
Brotdose für die Jause			
Reparieren statt wegwerfen			
Dinge tauschen			
Leitungswasser statt Wasserflaschen			
Verpackungen vermeiden			

2 Hast du noch andere Ideen?
Besprecht eure Überlegungen.

3 Warum solltest du Müll vermeiden?
Forscht im Internet zu diesem Thema und besprecht in der Klasse.

1 Warst du schon einmal in so einer Situation?

2 Sammelt gemeinsam Wörter, die beschreiben, wie man sich dabei fühlt.
Diese Gefühle hindern uns am Lernen.
Schreibt diese Gefühle auf kleine Zettel.
Zerknüllt sie und werft sie weg.

3 Welche Sätze könntest du Luna, Triton und Calypso sagen?
Spielt dieses Gespräch in einem Rollenspiel nach.

Ich kann etwas gut, weil ...

- ... ich aus Fehlern immer etwas lernen kann.
- ... ich mir Mühe gegeben und geübt habe.
- ... ich mich auf etwas Neues eingelassen habe.
- ... ich mir Hilfe geholt habe.
- ... ich nicht aufgegeben habe.

4 Entdeckst du hier etwas?

FEHLER sind HELFER

Inhalt